반할 수밖에

반할 수밖에

1판 1쇄 2025년 1월 1일

시 이정록   그림 이현석

펴낸이 모계영   펴낸곳 가치창조   출판등록 제406-2012-000041호
주소 경기도 고양시 일산동구 중앙로1347, 228호(장항동,쌍용플래티넘)
전화 070-7733-3227   팩스 031-916-2375   이메일 shwimbook@hanmail.net
ISBN 978-89-6301-401-2 (43810)

※이 책은 2024년 천안문화재단 문화예술창작지원금을 일부 지원받아 발간되었습니다.

가치창조 공식 블로그 http://blog.naver.com/gachi2012
단비청소년은 가치창조 출판그룹의 청소년책 전문 브랜드입니다.

반할 수밖에

이정록 시 · 이현석 그림

단비청소년

시
인
의
말

　미국에는 〈국립수면재단〉이란 게 있다. 국가
가 수면을 연구한다. 거기에서 청소년의 최적 수
면 시간은 8~10시간이라고 발표했다.

　하지만, 평일에 대한민국 중학생은 7.1시간,
고등학생은 5.8시간 잠을 잔다. 중학생 10명 중
3명, 고등학생 10명 중 1명만이 8시간 이상 잠을
잔다. 그러므로 수업 중에 잠을 자는 건 지극히
정상적인 일이다. 어느 과목, 어느 시간 때에 수
면의 쏠림 현상이 생기는 건 학생 탓이 아니다.
체육이나 점심시간에 자는 친구는 상담이 필요
하다. 요한 호이징하가 말한 호모 루덴스(놀이하
는 인간)라는 인간 본성이 훼손됐기 때문이다. 훼
손은 외부 충격과 내부 저항의 균형이 깨진 상태
를 말한다.

학교생활 중 두 시간 이상 수면 시간을 확보하
고 쾌적한 수면 교실을 갖추도록 법적으로 강제
해야 한다. 무릎 담요와 기능성 베개를 무료로
제공하고 세탁 건조까지 국가가 책임져야 한다.
만족도 높은 급식과 질 좋은 수면과 최상의 교수
학습이 청소년을 위한 삼위일체이기 때문이다.
　삐걱대는 책상 위에서 선잠 자는, 나라의 기둥
을 바로 재워야 한다.
　꿀잠을 부르는 이 시집은 청소년 건강에 많은
도움이 될 거다.

이야기발명연구소 이정록

차례

3부 · 모나게 살자

1부

·

뒤집기 한판

꽃뿔

뿔이 없어서 고라니와
멧돼지는 송곳니가 뾰족하다
뿔이 없어서 뱀은 독을 품는다
뿔이 없어서 토끼는 뒷다리가 길다
뿔이 없어서 스컹크는 항문샘을 만든다
뿔이 없어서 사람은 거짓말과 악다구니와
엄살과 알랑방귀와 가면과 악플을 발명한다
독침도 없고 다리도 짧고 덧니도 앙증맞은
나는 똑똑하고 예의 바른 뿔을 키우기로 한다
솜털 보드라운 아기사슴뿔로 들이받기로 한다
가슴속 불길이 뿔뿔이 사라질 때까지
뿔난 울화통의 손잡이를 내밀기로 한다
꿀샘 깊은 제비꽃 꽃뿔처럼
나는 무지개뿔을 키우기로 한다
뿔은 세상에 건네는 당찬 악수니까

공부

　도롱뇽은 앞다리부터, 개구리는 뒷다리부터 나온다. 송아지는 앞발부
터 내딛는다. 쓰임새가 큰 것부터 탄생한다.

　사람은 머리부터 나온다.

뒤집기 한판

나에게 명령한다.

필통을 뒤집어라.
초등 때부터 쓰던 지우개를 버려라.
안 쓰는 펜은 진로상담실 편지함에 넣어라.
fry pen, 식은 프라이팬을 날려 버리자.

가방을 뒤집어라.
해묵은 모의고사 문제를 버려라.
등급혁명 학원 광고지와 지난달 식단표을 버려라.
초코파이와 맞바꾼 헌혈증서를 기부하라.
지금 쓸모없는 것은 내일도 외면할 것이다.
잊힌 존재를 등교시키지 마라.

사물함을 뒤집어라.
누가 대여한 지도 모르는 도서를 반납하라.
사물함에 국가 재산을 가두지 마라.
공공의 적, 장물아비가 되지 마라.
사물함은 죽은 물건을 매장하는 관이 아니다.
고린내 나는 신발과 소비 기한이 지난 우유갑을 버려라.
무덤에 빛과 산소를 공급하라.

나를 따르라, 팔로잉도 잊어라.
전쟁터로 나가자, 팔로워에 안달하지 마라.
나는 아직 소비 자본이 아니다.
다 쓴 책이 아니다.
좋아요와 구독은 먼 훗날로 미루자.

청춘과 생고기는 뒤집지 않으면 숯이 된다.
털고 털어내도 끝내 머리맡을 지키는 것과
마지막까지 나를 잡아 줄 친구가 나다.
멀리서 백마 타고 오는 사람은 없다.
말잔등에 앉아 있는 사람이 바로 나이기 때문이다.
나를 뒤집어, 편자부터 갈아 끼우자.
쾅쾅 대갈부터 박자.

나에게 명령한다.

추억까지 다이어트하라.
물구나무서서 탈탈 털어내라.
관계는 빗장과 실이다.
여는 것보다 닫아라.
맺는 것보다 끊어라.

내 힘으로 문을 열어라.
내 손으로 실마리를 풀어라.

모든 답은
질문보다 단순 명료하다.

변성기

변성기라는 말 속에는
변기가 있다.
지난 목소리와
새로 온 목소리가 엉켜서
자꾸만 변기가 막힌다.
화장실로 따라와! 옛날과 미래가
내가 주인이라고 멱살을 잡는다.
바게트가 목구멍에
바리케이드를 치고 있다.
변성기라는 말 속에는 성기도 있다.
애어른 몰라보는 두 목소리가
캑캑거리며 싸우는 바람에
아직 볼일을 못 봤다.
이랬다저랬다, 별 볼 일 없는 일에 목숨 거는
변심기가 왔다.
바깥 나이테의 원심력과
안쪽 나이테의 구심력이 샅바 싸움 중이다.
사막과 눈보라!
결빙점과 비등점!
고요와 소란의 비좁은 노래방에
백 년 스피커, 확성기가 왔다.

사춘기

사춘기라고 티 내는 거니?
엄마는 내가 표정으로 화낼 때마다
늘 똑같이 말한다.
이쑤시개처럼 뾰족한 게
어쩜, 지 아빠를 닮았을까?
나는 또 표정만으로 말한다.
엄마 닮았거든!
그리고 도토리도 볍씨도 도꼬마리 씨앗도
뾰족한 곳에서 싹이 트거든!
싸가지 없는 게 아니거든!
싹수가 새파랗거든!
속말을 쏘아붙이다 보면
온몸이 푸른 숲으로 일렁인다.
아, 시원하다.

윙크

한눈에 반하면
한쪽 눈부터 감는다.

죽어서도, 반은 너만 바라보겠다는 거다.

미워도, 반은 눈감아 주겠다는 거다.

짝사랑

태어나 다섯 달
처음 배밀이 한 날
작은 손을 깔고 자서 피가 멈추었을 때
저리다는 게 뭔지도 모를 때
아직 깨어나지 않은 팔이 서서히 살아나며 몸을 부풀릴 때
느낌이란 게 이런 거구나
까무러치게 울었지

콧등에 침을 바르는 습관은
그 어리둥절한 일대 사건에
호호 입술을 건네준 첫 기억 때문이지
그렇게 숨소리부터 오지
짓눌린 팔다리에서 뿌드득 구슬이 굴러 나오지
새 얼굴이 탄생하지

구름은 기저귀처럼 노을을 빨아들이고
허공은 느낌만으로 부풀어 올라
별처럼 쭈뼛 먼 곳으로 퍼져 나가는 덩굴손이지
위로받고 싶어질 때마다 저려 오지
손발이 빠져 버린 것 같지
걸을 때마다 뒤처지는 손을 하늘로 들어 올리지

어디로 가는지 몰라 자꾸만 비틀거리지
뒤집힌 우산처럼 주저앉아 낯선 풍경을 그러안지

한 뼘 덩굴손이 벋어 오를 때마다
심장에 묶인 뿌리가 얼마나 저렸는지
알까 뿌리가 드러나 덩굴손이 된 것을

망설임

떨어지다 솟구치는 꽃잎이 있다
흘러가다 소용돌이치는 물살이 있다
내려오다 다시 하늘로 올라가는 눈송이가 있다

망설임이
설렘을 다 지우기 전에

이쯤에서 너에게로 가야겠다

육감

출발점이 중요하다며
아빠는 우리 관계를 무시한다.
첫 만남이 수준 떨어지게
오락실이 뭐냐? 혀를 찬다.
오락실이 아니라 피시방이라고
게임하다 만난 게 아니라 수행평가 때문이라고
몇 번을 말해도 이상한 눈으로 본다.
아빠는 한 핏줄이라서 육감적으로 안다며
용돈이 넘쳐나서 오락실까지 다니냐? 엄포 놓는다.
다 너를 위해서 충고하는 거야!
살이 맞닿는 우산 하나로 엄마를 꼬신 아빠는
육감부터 사랑이 시작된 까닭에, 그때
그 짜릿한 감촉이 이성 교제의 잣대가 됐다.
어쨌거나 출발점이 중요하다.

짝

슬리퍼 한 짝씩
여친이랑 나눠 신었다.

너의 밑바닥을 받들겠다.
너의 그늘과 어둠도 사랑하겠다.

신발 바꿔 신으면 죽을 줄 알아!

네 생의 무게를 경쾌하게 감당하겠다.

너의 징검돌이 되겠다.
너의 주춧돌로 살겠다.

신은 죽었다.

애인

나는 농구를 좋아한다

허리에 농구공을 끼고 있으면
드디어 내가 완성되는 것 같다
그 애도 농구공 같았으면 좋겠다
삼 점 슛 역전 드라마를 쓰겠다
마지막 호루라기를 불 때까지
터진 자루를 채우며 살겠다
농구공 같은 몸매라도 좋다
농구공도 잘 살펴보면
두 줄기 에스라인이 있다

내 사랑은 무한대다

편지

입김을 모아
성에 낀 유리창에 쓰는
사랑 우정 그립다는 말
누군가에게 쓰는 편지다.

나도 모르게
흰 종이 위에 그리는
별 동그라미 큐피드의 화살
누군가에게 건네는 고백이다.

붉어진 얼굴로
누가 볼세라 서둘러 지우는
흰 눈에 쓴 시린 글씨
누군가에게 보내는 마음이다.

밤새 눈이 왔다.
누가 나에게 편지를 보낸 걸까.
나는 왜 미안하다고
잘 가라고 답장을 쓸까.

나는 왜
하얀 것만 만나면
편지를 쓰는 걸까.

이별

식식대지 말자.
성깔 부리는 것도 자랑질이다.

진주를 품었다고
어깨를 들썩거리는 조개는 없다.
이별도 경력이다.
세상에 공짜는 없다.
삶은 늘 경력자 우대다.

조개주름
꽃주름
먼산주름

주름 좀 그만 잡자.
주름이 늘수록
시기 질투 몰려든다.

울지 말자.
눈물도 자랑질이다.

온통 너만

고구마를 잔뜩 먹었는데
방귀가 나오질 않는다.
그건 가슴이 팍팍한 고구마를 기다렸기 때문이다.

오래달리기를 하고 생수를 두 통이나 마셨는데
오줌이 나오질 않는다.
그건 몸이 강을 품고 싶었기 때문이다.

네 방 창문을 두 시간이나 쳐다보았는데도
네가 나오질 않는다.
그건 네가 다른 마음을 기다리기 때문이다.

내 마음에 네가 똬리 튼 지 한 달이다.
고구마와 군밤을 먹지 않았는데도 더부룩 답답하다.
물을 들이켰는데도 어항 속 물고기처럼 속이 탄다.

온통 너만 기다리기 때문이다.
핏줄이 네게로만 흘러가는 강이 되었기 때문이다.
달도 별도 꽃도 네 방 창문이 되었기 때문이다.

사랑한다는 말

올챙이는 울지 못해서
배가 뚱뚱하다.

올챙이는 울지 못해서
입이 작다.

울어도 울어도
물속이라서
눈물을 닦을 수 없다.

올챙이는 울지 못해서
꼬리가 사라지고
다리가 나온다.

올챙이는 실컷 울려고
개구리가 된다.
울음주머니로 뺨을 만든다.

좋아한다는 말을
울면서 하지는 않을 거야.

눈을 꾹 감고
겨울잠에 든다.

울보

내 별명은 울보다.
자연산 눈물폭포다.
부자연스러운 인공눈물이 아니다.

눈물은 유효 기간이 필생이다.
인공눈물은 소비 기한이 짧다.

눈물은 벅차게 넘쳐 흘러내린다.
인공눈물은 공장에서 나온 보충제다.

눈물은 보는 이까지 정화시킨다.
인공눈물은 넣는 모습만 봐도 불편하다.

눈물은 가슴 쪽으로 고개 숙인다.
인공눈물은 하늘 쪽으로 눈을 부릅뜬다.

눈물은 사랑처럼 뜨겁다.
인공눈물은 이별처럼 차갑다.

신은 눈물을 만들고
사람은 인공눈물을 만들었다.

신은 울었다.

다이어트

시작이 반이다.
늘 반하다.

반반하다.

반하니,
반할 수밖에.

영어사전

오래된
영어사전을 발견했다.

a로 시작해서
zzz로 끝났다.

zzz는 코 고는 소리.
붕붕 벌 나비 나는 소리.

그러니까
잠부터 자자.
나비가 되는 꿈부터 꾸자.

에이, 꿈부터 지지자.
나는 나의 지지자.

고삐리

뭘 해도 엉킨다.
날숨과 들숨도 꼬인다.
나는 고등학교 이 학년이다.
하고 싶은 건 죄다 죄다.
고삐가 숨통을 쥔다.
성씨도 이 씨다.
나는 고삐, 리다.

2부

·

속이 보인다

청귤

새파란 놈이 건방지다고요?

다 여문 척한다고요?

향수나 잔뜩 뿌리고 몰려다닌다고요?

아시잖아요

먹구름이 불안하면
천둥 번개와 함께 비가 내리죠.
내 가슴이 짜장구름일 때도
마음에 비가 내려요.
문방구 칼로 나도 모르게
책상에 빗줄기를 그을 때 있죠.
종이에 마구 빗금을 칠 때 있죠.
샤프펜슬로 지우개에 구멍을 팔 때 있죠.
가슴에 깊고 검은 구멍이 뚫렸을 때죠.
그럴 땐 모르는 체하시면 돼요.
가슴을 탕탕 치지 마세요.
뭐가 되려고 저러는지, 혀를 차지 마세요.
세상 다 망칠 놈처럼 꾸중부터 내지 마세요.
아시잖아요. 천둥 번개가 칠 때는
홀로 파란 하늘로 돌아가는 중이란 걸요.
막무가내로 꼴사나운 짓을 할 때는
한가득 꿈을 실은 종이배가 질풍노도를 헤치며
돌아오는 중이란 걸요.

모래 한 알

걸을 수도
뛸 수도 없어

깨금발 짚은 채
운동화를 벗어 탈탈 털었다

이유는 양말 속 모래 한 알 때문이었다
그 작디작은 모래 한 톨을
책상 위 흠집에 모셨다

너는 오늘부터 나의 종교다
거대한 석불이다
성모 마리아다

누군가의 심장에
산탄 모래로 박히지 말자
다른 이 발가락 사이에 둥지를 틀지 말자
낙타 눈을 덮치는 모래바람이 되지 말자

수천수만의 모래알로 부서져서
슬라이딩을 받아 주자

패자의 엉덩이를 토닥이는
씨름판 모래 더미가 되자
먼저 깨끗한 모래 한 알이 되어
칼이 지나간 작은 상처부터 밝히자

전학 첫날

운동장 응원석 계단에
누군가 벗어 놓은 축구화가
너부러진 채 등교 지도하고 있다.
전학 오길 잘했다.

엘리베이터를 타려는데
학생회장 선거 포스터가 붙어 있다.
'하체가 튼튼해야 선생님께서도
수업의 질이 높아지십니다.'
전학 오길 잘했다.

"저기 빈자리가 네 자리다.
오자마자 뻔한 인사하지 말고
친구들이 질문하는 것만 대답하거라.
어차피 오늘은 빈틈만 보이니까.
애들도 빈틈만 찾을 테니까."
담임이 마음에 든다.

"요번 주 학급 활동 주제는
'이가진 자율 탐구'야."

이가진은 가진 것 없는 내 이름이다.
인기 짱이 되어 보라는
반장의 엄지척이 마음에 든다.
전학 오길 잘했다.

지느러미를 움직여야 파문이 인다.
달리고 소리쳐야 운동장에 파도가 친다.
'질문과 파문'이 내 좌우명이다.
전학 오길 잘했다.

담임 소개

"나이가 어떻게 되세요?"

"참새와 고등어가
가장 싫어하는 숫자야."

"아, 구이년생!"

"똑똑한데!
너흰 몇 년 생이지?"

"박세리 골프 선수가
LPGA 명예의 전당에 뽑힌 해요."

"아, 공칠!"

"선생님 짱!"

"우리는 공치지 말자.
공칠년은 욕이란다.
하루하루 매 순간,
시간을 요리하자."

청춘을 조리하자.

요리조리 도망치지 말고."

조약돌

뭔가 보여 주고 싶어 하는 돌일수록 일찍 닳는다.
속이 자꾸 보인다.
하류로 하류로
떠내려간다.

속마저 사라진다.

거꾸로

시험 문제 채점 시간에
맞은 문항에 ×를 치고
틀린 문항에 O를 그린다.

틀린 문제는
다시 풀어 봐야 하니까
동그라미가 맞다.

누가 봐도
동그라미가 엄청 많은
훌륭한 시험지다.

- 맨날 놀고 먹고 자는데
  공부는 기본이지!

곁눈질하던 ×들이
변절자라고 야유를 날린다.

사각형의 기억

송찬호 시인의 첫 시집은
[흙은 사각형의 기억을 갖고 있다]이다

이 시집 제목을 패러디하고
한 줄 설명을 덧대는 게 수행평가다

딱지를 수없이 넘겨 본
[땅은 사각형의 기억을 갖고 있다]

무덤 속 관을 품어 본
[산은 사각형의 기억을 갖고 있다]

출석부로 뺨을 맞아 본
[얼굴은 사각형의 기억을 갖고 있다]

골문을 향해 강슛!
[축구공은 사각형의 기억을 갖고 있다]

사물함에서 나온
[곰보빵은 사각형의 기억을 갖고 있다]

늘 마스크를 쓰고 살아가는

[사람은 사각형의 기억을 갖고 있다]

날개

알에서 깬 새는
젖은 날개가 무겁다.
무거우니까 활갯짓부터 치는 거다.

무거운 것을 사랑하자.
무거운 것이 우리를 멀리 데려간다.

늙어 병들거나
상처 입은 새를 보아라.
추를 매단 듯 날개가 처졌다.
무거운 것을 사랑할 힘이 사라졌다.

자꾸만 깜깜하고 아득한 건
무겁다고 눈을 감았기 때문이다.
가장 가깝고도 질긴 벽은
감아 버린 눈꺼풀이다.

천근만근 눈꺼풀을 깨고
천리안의 날개를 말리자.

새털구름 위로 날아가자.
가벼운 것이 우리를 멀리 데려간다.

사자성어

사자성어란?
- 사자가 물고기가 되었다.

이구동성이란?
- 이구아나는 성씨가 같다.

호사다마란?
- 죽은 호랑이에 다마가 박혀 있다.

미인박명이란?
- 박명수는 미인과 결혼했다. 같은 성어로는
한가인과 박명수를 묶은 가인박명이 있다.

역지사지란?
- 손가락을 엮으면 사지가 뒤틀린다.

작심삼일이란?
- 마음먹는 데만 삼일 걸린다.

일취월장이란?
- 한 번 취했다 하면 담장을 넘는다.

포복절도란?

- 도둑은 포복을 잘해야 한다.

유아독존이란?

- 하늘이 무너져도 어린이는 살아남는다.

원추리꽃처럼

필 땐
원추리꽃처럼 되바라지게 펼칠 것
숨긴 것 하나 없는 것처럼
물음표를 펼칠 것

질 땐
약솜을 문 것처럼 꽉 닫아 버릴 것
내보일 것 아직 많은 것처럼
느낌표 하나 던질 것

도끼와 토끼

강아지풀은
강아지 꼬리를 닮아서 생긴 이름이지
남의 모습으로 불리는
강아지풀의 마음은 어떨까
너도밤나무와 나도밤나무는
제 이름이 자랑스러울까

토끼풀은 토끼가
잘 먹어서 생긴 이름이지
토끼풀은 누군가에게 뜯어 먹히는
자신의 이름이 마음에 들까

"너는 내 밥이야
죽통을 날릴 거야
한 입 거리도 안 되는 놈
아작아작 씹어 먹을 거야"

이런 피 묻은 말은
나는 사람이 아니라 짐승이라고 떠드는 꼴이지
나는 머리가 아니라 대가리가 있지
나는 이가 아니라 이빨을 닦지
나는 입이 아니라 주둥이로 짖어대지

'토끼다'라는 말이
'도망친다'란 말인 줄 알게 된다면
토끼풀은 행복도 행운도 다 팽개치고
그냥 잡풀로 살고 싶지 않을까
커다란 귀와 긴 뒷다리를 버리고
토끼는 도끼가 되어 제 발등을
찍고 싶지 않을까

파리

파리채 위에서 놀자.
파리채를 들어 올리면
그때 사뿐 날아가자.

놈의 주먹 위에서 놀자.
주먹을 치켜들면
순간 가볍게 날아오르자.
주먹만 믿는 놈에게는
날개가 없다는 걸 보여 주자.

내가 높이 날아오를수록
놈은 작게 보인다.
도망치면 내가 작아지지만
날아오르면 놈이 바닥이 된다.

럭비공

바닥에 떨어지거나
팽개치지만 않는다면 온순하죠
럭비공은 쿵쾅대는 가슴을 사랑하거든요
어디로 튈지 모르는 무서운 동물이 아니에요
새가 되고 싶은 뜨거운 심장이 있죠
럭비공 같은 놈이라고 칭찬해 주셔서 고맙습니다
왜 학교 담장으로 넘나드냐고요
평화를 가로막는 가시울타리는 불사르고
자유를 가두는 담장은 무너뜨려야 한다고 하셨잖아요
담장 없는 학교 만들기가 교육 철학이라고 하셨잖아요
가 보지 않은 높은 곳에 새로운 문을 내고
세상에 없는 길을 개척하는 게 공부잖아요
월담하는 자리에 작은 문을 내주세요
쪽문 비번을 전교생이 안다면 애교심도 높아질 거예요
진리 탐구는 누구나 다 아는 비밀을
나만 아는 것처럼 실천하는 거잖아요

탈바꿈

엄마는 미용실에 다녀왔는데
아무도 몰라준다고 속상해합니다.
확 바뀌었는데도 관심이 없다고 울상입니다.
며칠 전 네일아트 받고 온 날에는
하나가 아니라 열 개나 바뀌었는데 모르겠냐고
밥도 알아서 차려 먹으라고 했습니다.
라면이 입으로 들어가냐고
아빠와 나는 혼쭐이 났습니다.

아빠도 어디 바뀐 데 없느냐고
숙제하는 내 어깨를 흔듭니다.
엄마 손에서 리모컨을 빼앗으며
자세히 좀 보라고 보챕니다.
가장이 가르마를 옮겨서 관상을 바꿨는데
그것도 모르냐고 화를 냅니다.
텔레비전이 눈에 들어오냐고
엄마와 나는 손가락질까지 받았습니다.

사람은 쉽게 바뀌지 않습니다.
사람은 아예 바뀌지 않습니다.

악플

나는 성악설의 계승자.

컴퓨터 키보드 103개는
악마의 초콜릿.

또각또각 손톱 열 개는 분홍빛 독침.

독방에 갇힌 혀는
가죽을 뚫고 나오는 외뿔.

무한대의 복면 악당들을
한 무대에 동시 등장시키는
나는 일인배우이자 연출자.

코끼리 발바닥에 깔린 눈알 조명.

진흙탕에 빠진 코끼리를
풀밭으로 옮길 유일한 사람은?

나,

나는 성선설의 실천자.

빈손

맨손으로 왔다가
빈손으로 가는 거다
두루마리 화장지 둥근 심처럼
나를 몽땅 풀어 주는 거다
공수래공수거, 텅 빈 수레가
공짜로 나를 수거해 갈 때까지

석고 붕대

부러진 팔,
석고 붕대를 풀었다.

때부터 밀었다.
시원했다.
솜털 끝 바람이 간지러웠다.
가뿐했다.

한 달 만에 바뀐 것이
만 년이나 백만 년을 통해 이뤄진다면
그걸 진화라고 한다.
자유라고 한다.

바뀌는 줄도 모르게
천 년 만 년에 걸쳐 석고 붕대가 감긴다면
그걸 퇴화라고 한다.
죽음이라고 한다.

삐끗,
엇나간 뼈마디가 굳는 것은
사흘이면 충분하다.
고착은 가짜 평화다.

상담 카드

깊은 허방에서
당당하게 소리치는
플래카드를 보았습니다.

흙을 받습니다

움푹 파인
내 가슴에도
미완의 문장이 펄럭입니다.

_____을 받습니다

메밀꽃 가족

사흘 내리 쉰다.
빨간 날이다.

이틀 내내
아빠는 거실에서 텔레비전을 본다.
동생은 어제 피시방에 가서
돌아오지 않았다.

나는 이불 속 동굴이다.
핸드폰이 뜨겁다.
눈물 콧물 짜느라고
갑 티슈 두 통을 썼다.

엄마는 안방에서 핸드폰으로 영화를 본다.
밥도 따로따로 먹는다.

사흘째 아침,
그 무슨 역사적 사건처럼
주민등록등본에서만 함께 사는 이들이
우연히 거실에서 만난다.

바다에 가자.
바닷가를 걷고 싶어.
그래 회나 한 접시 할까?
가슴속 바다를 동시에 꺼낸다.

가는 동안 차에서 자면 되겠다.
방금 들어온 동생이 하품하며 기지개를 켠다.
세상 모든 어둠은 저 다크서클에서 시작되리라.

바다!

아빠의 안주머니엔 명퇴 통보서가 있다.
아빠가 나에게만 보여 줬다.
파란만장한 이십오 년 육 개월의 눈물겨움이 있다.

엄마의 핸드백엔 이혼 서류가 있다.
엄마 립스틱을 쓰려다가 엿보고 말았다.
어젯밤에 갑자기 누구랑 살 거냐고 물어봤다.
난 엄마의 꼼꼼하고 소심한 준비성이 싫다.
물너울 일렁이는 십팔 년 삼 개월이 있다.

며칠 전 수학여행 갔던
강원도 산골 문학관 메밀꽃밭에서
나는 처음으로 프러포즈를 받았다.
너무 기뻐 덥석 손을 잡았다.
그런데 그만, 조금 더 나가고 말았다.
놈은 영원까지 바치겠다고 했다.
저도 겁이 났겠지.
소문난 바람둥이 주제에.

동생은 골목에서 초등학생들 주머니를 털다가
덜미를 잡혔다.
경찰 아들을 두들겨 팬 거다.
쪼그려 앉아 귀를 잡고 운동장을 열 바퀴나 돌았단다.
아빠와 함께 학교에 가야 한다고
내 방에 들어와 맘껏 성질을 부렸다.

파도를 물너울이라고 한다.
파도를 메밀꽃이라고도 부른다.
파도를 토끼뜀이라고도 말한다.

바닷가를 오래도록 걸었다.
메밀꽃송이가 떼로 몰려온다.
거대한 토끼 떼가 토끼뜀을 한다.

물너울이 흐느꼈다.
수만 물너울이 어깨로 울었다.

물너울이, 메밀꽃의 손을 잡고 걸었다.
물너울이, 꺾인 메밀꽃에 대해 말했다.
닮을 게 없어서 메밀꽃을 닮느냐고 울먹였다.
메밀꽃이, 메밀꽃을 껴안고 어깨를 들썩였다.

파도가 토끼뜀을 대신 뛰겠다고 했다.
너는 다른 토끼들이랑 그냥 공부나 열심히 하라고 했다.
파도가 바닷가를 따라서 막 토끼뜀을 뛰었다.

노을이 지자
토끼 귀가 빨개졌다.
파도가 붉었다.
물너울이 붉었다.
메밀꽃이 붉었다.

우주

알을 깨고 나온
병아리가 웁니다.

집이 부서졌어요!

어서 커서
네가 집을 낳으렴.

집은,
기어들어 가는 곳이 아니라
뛰쳐나오는 곳이란다.

집을 쪼아 먹습니다.
집을 부숴서 날개깃을 만듭니다.

3부

·

모
나
게
살
자

개구리

긴 뒷다리가
아무리 멀리 박차고 높이 뛰어올라도,

꼿꼿하게 세운 짧은 앞다리가
두 눈망울의 설렘과 전망을 받든다.

꽃나무

깨진 독에 물 붓지 말자.
밑 빠진 독에는 나무를 심자.
독을 지고 있는 늙은 두꺼비에게
당신 등짝이 울퉁불퉁하니까 질질 새잖아요!
백회 분칠 떨어지도록 소리치지 말자.
밑 빠진 독을 흙의 품에 돌려주자.
땅에 묻지 않으면 얼어 터진다.
바닥 아래 어둠 속으로 뿌리를 내리자.
땅속 깊은 향기를 끌어올려 꽃잎을 펼치자.
땅에 뿌리박은 항아리는 하늘이 뚜껑이다.
별빛 보자기로 항아리를 감싸자.
밑 빠진 독에 꽃나무를 심자.
어기여차 깨끗한 흙을 심자.
한 바가지 찬물을 붓자.
깨진 독을 심자.

여행

시험 범위
형광펜 밑줄에서

시험 범위 밖으로
떠나자.

첫 땅에 놓이는
내 그림자를 따라가자.

성자

수염이 뽑혔다

속옷까지 벗겨졌다

몸이 펄펄 끓어올랐다

허리가 우뚝 동강 났다

노란 살가죽이 뜯겨 나갔다

온몸에 덕지덕지 침이 묻었다

삶이 고단한 나는 삶은 옥수수다

지금 나의 몰골은 토막 난 쓰레기다

땅바닥에 입 맞추며 기도하는 시간이다

풍뎅이와 개미에게 늦은 배식을 하고 있다

파리와 입 맞추며 치욕을 참는 시간이다

내 이빨은 뭉텅뭉텅 쏟아져 버렸다

삶은 계란인가 삶은 옥수수인가

당신의 날개뼈를 꺼내 드리겠다

등긁개로 다시 탄생하겠다

초록 날개를 찾아 주겠다

모나게 살자

경주 남산 소나무들
반듯한 게 없다
바람에 이마를 들이대던 자세다
나를 밟고 지나가라 누워 버린 까닭이다
버티다가 고꾸라지고 쓰러졌다가 튕겨 오른
소나무 밑동들이 가로세로 자랐다
남산 가득 마름모꼴 창문을 달았다
이겨 낸 사람처럼 모가 나 있다
경주 남산 소나무를 보려거든
몸을 비틀비틀 출렁거려야 한다
뿌리째 흔들릴 때 사람이 보인다
잘 버텨서 삐뚤어진 아름다운 사람이 보인다
입이 삐뚤어져야 피리 소리를 낼 수 있다
모난 창문이 별꼴이 된다
빛나는 건, 다 별꼴이 반쪽이다

눈물보험

비가 바닥을 친다
상처투성이가 된다
구름 알갱이들이 얼싸안고 흐른다
비는 꽃밭보험 도랑보험 논물보험
웅덩이보험 호수보험
강물보험에 들어 있어서 다행이다

내 눈물이 바닥을 친다
눈물은 상처투성이가 된다
콧물상해 눈초리상해 곁눈질상해
누굴 닮아 저 모양일까 가족망신상해
눈물은 전염돼! 이차가해상해
사회격리상해

소나기 맞으며 울어야겠다
소나기랑 바다보험에 들어야겠다
파란 하늘보험에 들어야겠다

무통 주사

남의 고통에 느낌이 없다
파리 덕지덕지한 굶주린 어린이를 봐도
로드킬에 죽어 가는 새끼 고양이를 봐도
역사책에서 만난 전쟁 사진처럼 덤덤하다
할머니 등에 파스를 붙여 드릴 때도
마지못해 휠체어를 밀어 드릴 때도
운이 나빠서 이런 상황을 만났구나
내 불편함에 입술만 부루퉁하다
반복적으로 노출 학습된 고통과 눈물들
내가 아니라서 다행인 화면 속 풍경들
눈에 거슬려 습관적으로 채널을 돌린다
고통의 내부로 가는 길을 놓친 채
손끝 터치만 몸에 뱄을 뿐이다
내 최초의 아픔은 무통 분만 주삿바늘이었다
아무래도 약효가 평생 갈 것 같다
내 손톱 까끄라기에는 세상 비명이 다 모여 있지만
팔다리 잘리는 남의 고통에는
덤으로 늘어나는 무덤처럼 무덤덤할 뿐이다

갈수록 눈물은 왜 이리도 사적이고 소소할까
책상 위에 파리 한 마리 잡아 놓고
날개를 자르고 머리통도 떼어 보며
요리조리 슬픔을 학습한다
전혀 통증을 느끼지 못함에도
간절히 손을 비비며 기도하는
파리의 공감 능력을

바닥

바닥을 때렸다는 건
운명을 걸었다는 거지.
꽃잎이 바닥을 쳤다면
씨앗과 풋열매는 벌써 출발했단 거니까.
성적이든 연애든 바닥을 쳤다면
연어처럼 산란까지 마쳐야지.
어판장 바닥만 때리고 있으면
얼음을 뒤집어쓴다니까.
바닥을 쳤으면 어떻게든
ㄱ받침을 떨쳐 버리고
바다로 가야지.

이모

성은 이 씨고 이름은 잊었다
모든 행동과 감정의 꼭짓점에 이모가 있다
이모는 무한반복 무제한 증식한다
영생불사하고 연속 재생한다
한 번 뱉은 말을 끝없이 조잘거리고
한 번 익힌 춤사위를 빈틈없이 재현한다
태초에 이모가 있었다 틀림없이
우주가 망해도 이모는 환생한다
통학버스에서도 기숙학원에서도
새벽 지하철에서도 첨단과학 연구소에서도
이모는 있는 힘을 다해 이모를 낳는다
얼빠진 녀석을 끊임없이 입양 보낸다
이모는 이모티콘이란 본명을 잊은 채
정신없이 죽을힘을 다해 살아간다
망각과 부활이 이모의 생명이다

빛

회색은 이도 저도 아닌 회색분자가 싫고
초록은 초록은 동색이란 비아냥이 싫다

흰색은 떠버리 흰소리가 싫고
껌정은 깜깜한 까막눈이 싫다

노랑은 노랑목과 노랑이가 싫고
보라는 맨날 매 맞는 보라탈이 싫다

대창 막창을 지나
개똥 같은 학창이란 게 있다지만

파면 팔수록 흙빛이 달라지듯
먹구름 속에서 새로이 하늘빛이 떠오르듯
나는 나만의 빛으로
나만의 빛으로

얼굴

얼굴의 옛말은 몸 전체였다.

몸이 얼을 품고 있었다.

신발과 옷과 모자와 목도리로 가리고 나니

저마다 다른 곳은 머리의 앞면뿐이었다.

이제 코와 입도 마스크에 묻혔으니

얼굴은 이마와 눈썹과 눈으로 좁아졌다.

이마와 눈썹도 앞머리에 가렸다면 눈뿐이다.

사람이 천 냥이면 눈이 팔백 냥이라더니

성형수술도 화장도 눈이 가장 중요해졌다.

요즘처럼 눈만 들여다본 역사는 없었다.

입은 흉년일지라도 눈은 풍년이 되었다.

제 눈에 풀칠하고 햇살을 등지지 말자.

한 입으로 묻지 말고 두 눈으로 내다보자.

새잎에 눈 다치랴, 오로지 깨달음에 목말라하자.

눈에 콩깍지 쓰고 콩알처럼 나대지 말자.

십 리가 모랫바닥이라도 눈 찌를 가시나무는 있다.

눈은 마음의 거울, 눈금자 좋은 저울이다.

석수장이는 눈감작이부터 배운다.

눈이 보배가 되면 눈을 뺀 나머지는 보석 상자다.

가죽이 모자라서 눈을 냈겠는가.

마스크 당겨쓰고 별빛을 밝히자.

서로의 눈망울에 사랑을 켜자.

마리오네트

마리오네트는
작은 성모 마리아라는 뜻이다.
목각 인형의 마디마다 실을 묶어
사람이 연출하는 인형극이다.
내 목과 팔다리도 보이지 않는
끈에 묶여 있는 것 같다.
탯줄을 자를 때 숨어든 것 같다.
줄은 누가 잡고 있을까.
어려서는 전래동화와 위인전의 주인공과
엄마 아빠와 선생님과 성모 마리아라고 생각했다.
이제야 알겠다. 그건
참 잘했어요! 칭찬받고 싶은 마음이다.
어릴 때부터 길들여진 동그라미 다섯 개다.
이제 팔다리에 묶인 실을 뽑아 해먹을 짤 거다.
나는 시험관 아기가 아니다.
나무 기둥 하나는 이쪽 언덕에 있다.
나머지 기둥은 바다 건너에 둘 거다.
시험을 실험으로 바꿔서 새롭게 태어날 거다.
내 노래에 나만의 춤을 출 거다.

도둑심보

나를 칭찬하는 말은
부드러운 도둑이란다.
영혼까지 훔쳐간단다.

아니다.

나를 키운 건,
모두 도둑의 말이었다.
나는 큰 도둑으로 자라서
수많은 좀도둑을 키울 거다.
모든 사람이 도둑이 될 때까지
나부터 칭찬하는 도둑심보가 될 거다.

그렇다.

칭찬은,
무화과도 꽃다발을 내민다.

되도록

되도록
뿌리를 다치지 않게 삽으로 옮기지.

되도록
밥풀이 다치지 않게 숟가락으로 뜨지.

되도록
물이 깨지지 않게
금붕어는 아가미를 껌벅이지.

'되도록'이 좋은 거야.
'되지 않도록'은 아픈 거야.

되도록
하늘이 다치지 않게
장작불도 불혀를 잘게 나누지.

땅이 안을 수 있게
진땀 흘리며 식은 숯이 되지.

되도록
비에 젖은 재가 되지.
뿌리를 감싸는 검은 거름이 되지.

벌레의 길

앞서 뚫고 가려면
자신의 똥을 다져서
디딤돌로 삼아야 한다
구린 뒤를 잘 살펴야 한다

남의 뒤나 따라가려면
똥을 받아 먹으며 가야 한다
똥배가 불러도 참아야 한다
구린 입을 꾹 다물어야 한다

용오름

울돌목 쇠밧줄처럼
가닥가닥 괴로움을 꼬아라
복잡하고 어리숙한 갈등을 꼬아
단단한 기둥을 세워라
등나무를 보아라
휘감지 않으면 나무가 될 수 없다
왜 이리 꼬일까 엄살떨지 마라
꼬아라 모든 흔들림이
용오름이 될 때까지

동아줄

너는 한 줄기
당기는 힘을 말한다.

나는 두 가닥
껴안는 따스함을 말한다.

너는 신에게 닿는
수직의 길을 말한다.

나는 세상을 품는
얼싸안음과 한 매듭 쉼표를 말한다.

너는 가시랭이와 보푸라기를
뜬구름이라고 말한다.

나는 가시랭이와 보푸라기를
잎이라고 말한다.

빛의 탄생

홍시는 어디가 실마리인 줄 모르지만
까치는 콕! 부리를 세워 문을 딴다.

사과는 어디가 입술인 줄 모르지만
칼등은 톡! 첫 키스를 감행한다.

알은 천의무봉이라서
어디가 매듭인지 알 수 없지만
탁! 햇병아리와 어미 닭의 부리가 맞닿는다.

콕, 톡, 탁! 이
꼭! 이 되는 그 순간, 그 자리로
빛이 태어난다.

나도 아직 오지 않은
빛의 탄생을 기다린다.

탄소 중립

비싼 소고기
넉 점이 남았다.
타 버린 고깃점이다.
서로 밀쳐놓은 고기가
불판 한가운데 중립을 지키고 있다.
탄소 중립은 이렇듯 간단하다.
몸을 해친다는 것만 알면 된다.
소는 일소와 젖소뿐이었다.
고기소가 탄생하기 이전으로 돌아가서
쇠똥구리에게 소똥을 돌려주자.
보리와 감나무와 호박넝쿨에게 건네주자.
소 등에 올라탈 때도 중립을 잘 지키자.

개

개를 방에 들인 뒤
무릎 꿇을 때 많아졌다.
정을 주면 말이 통한다는 것도 알게 됐다.
오른손에 목줄을 잡고
왼손에 비닐봉지를 들고 다녔다.
채송화를 바라보듯 개똥 앞에 쪼그려 앉아
개의 건강을 깊게 들여다보았다.
배변 봉투의 온기와 냄새까지 사랑스러웠다.
비닐봉지와 이야기를 나눌 때도 있었다.
개를 키우는 사람끼리는 친척이 되었다.
개를 욕에 넣은 인간의 역사가 싫었다.
모두 개를 키운다면 전쟁은 사라지리라.
개 때문에 주먹을 쥐는 일이 정의였다.
보신탕집에 탕탕 포탄을 쏘고 싶었다.
개를 키운다면 종교가 달라도 좋았다.
공부하란 말보다 싫은 말이 생겼다.
개한테 하는 만큼만 나한테도 해 봐라.
송곳니가 자꾸만 뾰족해졌다.
개만도 못한 인간이란 욕을 들었을 때
높임말처럼 들렸다.

무지개

훗날, 몇 년째
취업 준비에 허덕일지라도
당당하게 멋을 부려야 한다.
언젠가 출근할 때 어색하지 않으려면
백수일 때도 꼭 갖춰 입어야 한다.
무지개는 무직에도 찬란하다.

무릎꽃

아기 염소가 일어납니다
무릎을 접고 땅을 짚습니다.
바위를 밀치고 우뚝 일어섭니다.

무릎 털이 벗겨집니다.
무릎이 까졌다고 혀를 차지 마세요.
혼자서 피운 꽃입니다.

어미를 따라다니지 않습니다.
구릉마다 까만 봉우리가 솟습니다.
벼랑 끝으로 꽃이 내달립니다.
낭떠러지로 고꾸라져도
스스로 핀 꽃은 지지 않습니다.

무릅쓰고 꽃이 피었습니다.
무릎이 꺾여도 끝끝내 지지 않는
무릎꽃이 피었습니다.

이 시집은 책이 아니라
한 사람, 청소년이다

웃음과 눈물이 존재의 본질을 뚫고 나온다. 시집에 실린 모든 시가 사람의 마음을 따뜻하게 관통하는 사건이다. 삶의 깊은 철학을 손에 잡힐 듯이 감각화하여 누구나 볼 수 있게 일상의 얕은 곳에 내놓았다. 시인의 시에서 인생의 봄이 보이고 만져진다. 청춘 시집.

자식 이기는 부모 없다지만 부모가 이 시집을 읽으면 분명히 자식을 이길 수 있게 된다. 청소년기 우울과 환희의 이유가 또렷하게 나와 있다. 또한 자식이 부모를 이겨 먹어서는 안 된다지만 가끔 부모를 이겨 먹어도 되는 이유 역시 변성기 목소리를 통해 잘 드러난다. 이 시집을 읽는 청소년은 부모를 이겨 먹을 수 있는 비법을 터득하게 된다. 결국 부모와 자식 어른과 청소년 누구도 지지 않고, 심지어 서로를 '이겨 먹어서' 친구가 되게 하는 시집이다. 철학을 가진 어린 인생이 늙은 인생을 깨우치고, 늙은 인생이 어린 인생과 "뿌리를 다치지 않"게 뜨겁게 만난다.

시집 곳곳에 웃으면서 얻는 지혜, 찔리면서 얻는 웃음이 있다. 사람의 신체 활동의 부산물이 생각이라면 시집에 실린 시들은 분명 어른 청소년 이정록 시인의 활발한 신체 활동의 결과물이겠다.

시집을 읽으며 청소년기는 온통 시로 이루어진 시기라는 생각마저 들었다. "도롱뇽은 앞다리부터, 개구리는 뒷다리부터 나온다. 송아지는 앞발부터 내딛는다. 쓰임새가 큰 것부터 탄생한다.//사람은 머리부터 나온다."(「공부」) 청소년기에는 이미 활발하게 쓰고 있는 몸 말고도 머리를 잘 써야 하는데 잘 쓴 '머리'들이 "눈망울에 사랑을 켜"고 불쑥불쑥 솟구쳐 오른다.

이 시집은 책이 아니라 한 사람, 청소년이다.

김주대(시인, 문인화가)

시 **이정록**

1964년 홍성에서 출생했다. 대학에서 한문교육과 문학예술학을 공부했다. 1989년 〈대전일보〉와 1993년 〈동아일보〉 신춘문예에 시가 당선되었다. 시집으로 《동심언어사전》, 《그럴 때가 있다》 등과 청소년 시집 《까짓것》, 《아직 오지 않은 나에게》가 있다. 동시집 《지구의 맛》, 《아홉 살은 힘들다》, 그림책 《나무의 마음》, 《어디가 아프세요?》, 《의자》 등과 동화책 《대단한 단추들》, 《아들과 아버지》, 《노는 물을 바꿔라》 등과 산문집 《시인의 서랍》, 《시가 안 써지면 나는 시내버스를 탄다》가 있다. 김수영문학상, 김달진문학상, 윤동주문학대상, 박재삼문학상, 풀꽃문학상, 천상병동심문학상을 받았다.

그림 **이현석**

1994년 겨울에 왕눈이로 태어났다. 고2까지 이겨울이란 이름으로 살았다. 대학에서 시각디자인을 전공했다. 그린 책으로는 《반할 수밖에》가 처음이다. 책과 함께 즐겁고 보람찬 여행을 하고 싶다. 실눈을 뜨고 관찰하길 좋아한다.